Dieser Titel ist auch als E-Book erschienen.

Haftungsausschluss:
Die in diesem Buch enthaltenen Empfehlungen wurden sorgfältig geprüft und berücksichtigt. Dennoch können weder der Autor noch der Verlag eine Garantie oder Gewährleistung für die gemachten Angaben übernehmen. Die Anwendung der Empfehlungen erfolgt ausdrücklich auf eigene Gefahr. Jegliche Haftung des Autors, des Verlags und ihrer Vertreter für Schäden an Personen, Eigentum oder Vermögen, die durch die Nutzung oder Nichtnutzung der Informationen bzw. durch die Nutzung fehlerhafter und unvollständiger Informationen verursacht wurden, ist ausgeschlossen. Weder der Herausgeber noch der Autor übernehmen eine Haftung für die Aktualität, Richtigkeit und Vollständigkeit der Inhalte sowie für Druckfehler. Eine juristische Verantwortung oder Haftung für fehlerhafte Informationen und deren Folgen kann weder vom Herausgeber noch vom Autor übernommen werden.

Soweit in dieser Publikation auf Internetseiten Dritter verwiesen wird, übernehmen wir keine Verantwortung für deren Inhalte, da wir uns diese nicht zu eigen machen, sondern lediglich auf den Stand zum Zeitpunkt der Erstveröffentlichung hinweisen.

Bibliografische Informationen der Deutschen Nationalbibliothek
Die Deutsche Nationalbibliothek verzeichnet diese Publikation in der Deutschen Nationalbibliografie; detaillierte bibliografische Daten sind im Internet über http://dnb.dnb.de abrufbar.

1. Auflage November 2023

Kianimus
Grabenstr. 10
35396 Gießen

Lektorat & Korrektorat: Kianimus Verlag
Umschlaggestaltung: Kianimus Verlag
Satz und Layout: Kianimus Verlag
Autorenfoto: Chris Dietz Fotografie, Christian Dietz

ISBN Print: 978-3-910545-07-6
ISBN E-Book: 978-3-910545-08-3
www.kianimus.de

Kianimus

GUTE WORTE

Ein Seelenflug zum Herzen

Für Mama.
Für all deine Weisheiten..

Die „..“ sind ein künstlerisches Stilmittel des Autors.

Übersicht des Seelenflugs

Vorwort	9
Anfang	12
Beginn	20
Chaos	26
Drama	32
Energie	39
Feuer	43
Glaube	49
Heimat	57
Individualität	63
Jovial	67
Kreativ	73
Liebe	79
Mutter	85
Neblig	94
Oasen	98
Paradies	103
Quellwasser	108
Ruhe	111
Stärke	114
Treue	119
Unser	122
Verlorenheit	126
Winter	130
X	136

Yttrium 139
Zeit 141
145
Danksagung 149

Vorwort

In einem guten Menschen wohnt eine gute Seele inne. Diese formt gute Gedanken und diese Gedanken führen zu guten Worten. Mit jenen guten Worten vollbringt er gute Taten - weil es sein gesamtes Wesen ist, welches ihn zum Guten treibt. Wie eine Rose, die im Wasser ruht, während das Wasser sie fortbewegt.

- Kianimus

Hey, ich freue mich, dass du hier bist. Schön, dass wir uns kennenlernen. Ich sitze gerade im spanischen Andalusien, schaue auf die grünen Hügel um mich herum, die Sonne geht gerade wärmend auf und einige Vögel zwitschern über mir aus allen Richtungen wahrnehmbar.. Mein Rücken lehnt am Stamme eines Granatapfelbaumes, der Duft der Früchte schwebt über mir und ich bin fasziniert. Fasziniert von der Natürlichkeit und Einfachheit dieser Gegend. Fasziniert von den herzlichen Menschen und fasziniert von den verschiedenen Philosophien und Poesien, die diesen wunderschönen Teil der Erde die letzten Jahrhunderte beeinflusst haben. Ich bin so sehr fasziniert, dass mein Herz hier lyrische und poetische Verse mit Tinte aus Herzblut schreiben möchte.. Jeder Herzschlag schreit gerade nach einem neuen Werk. Ein Werk, das meine Seele offenbart, meine Gedanken offenbart, meinen Schmerz und meine Freude mit der wunderbaren lesenden Person teilt. Mit dir.

Ich denke, wir finden nicht zum Buch, sondern das Buch zu uns. Und hier bist du. Dieses Buch hat dich liebevoll zu mir gebracht. Dies ist mein viertes Werk und ich möchte mich hiermit bei dir bedanken, dass du mir dein Vertrauen schenkst, dein Herz öffnest und bereit bist, gute Worte zu empfangen. Nachdem ich durch mein erstes Werk „Gute Gedanken" viele Samen in die wunderbaren Seelen der Menschen pflanzen durfte, ist es nun soweit, dass ich nun gute Worte verbreiten möchte, die dich auf eine Reise in die Tiefe mitnehmen. Gute Worte, die dich nachdenken lassen. Gute Worte, die dich zum Lächeln bringen. Gute Worte, die dich einige Tränen vergießen lassen. Seit Jahrhunderten folgt die Menschheit einem ungeschriebenen Gesetz: In unruhigen Zeiten brauchen wir geschriebene Werke, die uns Mut schenken, die in uns Hoffnung keimen lassen und noch viel mehr: Werke, die uns an das Gute glauben lassen. Denn der tiefe Glaube an das Gute kann Berge versetzen. Und ich möchte dir mit meiner Lyrik und Poesie zeigen, wie intensiv Worte wirken können. Es sind über 100 Gedichte, Gedanken und kleine Geschichten, die wie eine schöne Karaffe gefüllt sind mit dem besten Trank, der deine Seele zu sehnlichen Genüssen bringt. Genüsse, die Menschen heutzutage im Internet, in Tabak, Drogen oder viel Sex suchen. Doch all das füllt unsere Hülle, aber nie unsere Seele und auch nicht unseren Geist. Lese diese Worte immer wieder. Du wirst in jeder Zeile nach Tagen, Wochen und Monaten immer wieder Neues entdecken. Und sicher wird dich -

auch zwischen den Zeilen - immer wieder ein neuer Hinweis, eine neue Weisheit und Erkenntnis anlächeln. Bist du bereit? Dann lächle jetzt.

Denke gut. Lebe gut. Gute Gedanken. Spreche gut. Gute Worte.

Hast du gelächelt? Dann lass uns beginnen..

P.S. Wenn du unsere Verbindung magst, freue ich mich, dir regelmäßig meine Gedanken und Worte zukommen lassen. Scanne hier einfach den QR-Code und trage dich für unseren Gedankenaustausch ein.

ANFANG

Auf der Reise des Herzens wirst du viele Menschen finden, die nach deiner Aufmerksamkeit sehnen. Doch viele werden nach einem kurzen Moment deiner Aufmerksamkeit keine Aufregung mehr verspüren, wenn du sie ansiehst. Sie werden sich abscheulich verhalten und an der Waage deiner Ausgeglichenheit sägen. Wende dich von ihnen ab und gehe deinen Weg. Alles, was du brauchst, ist deine Selbstachtung - denn deine Selbstliebe steht über allem, was diese Menschen von dir verlangen. Vergiss das nicht..

Alles was du bist und alles was du warst,

liebe ich heute an dir, liebte ich gestern an dir,

und gewiss; ich werde es auch morgen noch lieben.

Nichts, was uns verbindet, wird jemals schwinden,

niemand wird uns entzweien; unsere Zeit niemals enden.

Du bist alles, was ich war und alles was ich heute bin,

gewiss; wir tanzen weiter stumm im Sturme; im Wind.

Alles was ich mag und alles was ich liebe bist du.

Egal wie oft ich verliere, der Grund meiner Siege bist du..

Alles.

Alte Erinnerungen bringen neue Gefühle.

An alle, die alles an mir angezweifelt haben: An dem Tag, an dem ich annahm, dass ihr alle Recht hattet - gab ich ein Stück von mir selbst ab. Wie Aasfresser kamt ihr an, nahmt an, was ich abgab. Und als Angeber wart ihr fort. Ihr gabt damit an, dass ihr ein Anteil an meinem Herzen nahmt. Doch ohne eure Anteilnahme blieb ich zurück. Heute habe ich an mir gearbeitet, bin anmutiger, achtsamer und noch authentischer als zuvor. Und ihr bleibt arrogant, anmaßend und aufgeblasen. Ich habe keine Achtung mehr vor euch, doch warne vor euch: Achtung!

An einem guten Menschen wie dir prallt Kritik nicht ab, sie durchbohrt dich. Du nimmst sie auf, gibst sie nie an Andere ab. Du behältst sie in dir, lässt sie in dir keimen und denkst über sie nach. All das bringt dich dazu, an dir zu zweifeln. Weil du annimmst, was deine Leute zu dir sagen. Weil du über Worte nachdenkst, die man zu dir spricht. Doch heute ist es soweit, dass du all die Kritik aus dir herausziehst, die in dir wohnt, die in dir keimt, die in dir aufzureißen versucht - was doch so gut und wunderbar ist. Atme durch, lächle und sprich zu dir: „Ich lasse die Kritik los. Ich nehme gute Worte an. Ich achte mich selbst."

Alle wollen, keiner möchte.

Alle wollen Liebe, doch keiner möchte lieben.

Alle wollen gewinnen, doch keiner möchte verlieren.

Alle wollen Geld, doch keiner möchte arbeiten.

Alle wollen nehmen, doch keiner möchte geben.

Alle wollen Sex, keiner möchte Seele.

Alle wollen, keiner möchte.

Angst verschließt Türen. Nur Mut alleine kann sie wieder öffnen..

Mit jedem Atemzug komme ich dir Station für Station näher,

mein Herz so gefüllt vor Liebe, mein Gepäck ist so leer..

Ich nehme nichts mit auf meiner Reise zu dir,

ich fand dich dort, doch verliere mich hier.

An jedem Ort, den ich betrete, spüre ich dein Wesen.

Du bist nicht da, doch ich trage dich im Herzen bis Eden..

Nur in deinen Augen fand ich Anmut voller Liebe,

eine Wärme, die mich anzog, meine Ruhe in der Wiege..

Jeder Feind, der mir Unheil brachte, jeder Hass im Leben,

ist vergangen, weil du kamst und sprachst, ich solle vergeben.

So sitze ich hier und blicke lächelnd hinaus auf die weite Welt,

in diesem fast verpassten Zug außer Atem, unter dem Himmelszelt.

Bald bin ich bei dir, bald geht es dir gut.

Ich schließe dich in meine Arme.

Tausend Meilen im Zug

und tausend Schritte in der Kälte

führten mich zu dir ins Warme..

Beginn

Bevor ich beginne, möchte ich, dass du lächelst.

Weil du zu oft geweint hast,

weil du zu oft gelitten hast,

weil du zu oft innerlich geblutet hast.

Bevor ich beginne, möchte ich, dass du sprichst.

Weil du zu oft geschwiegen hast,

weil du zu oft geschluckt hast,

weil du zu oft innerlich geblutet hast.

Bevor ich beginne, möchte ich, dass du gehst.

Weil du zu oft geblieben bist,

weil du zu oft vergeben hast,

weil du zu oft innerlich geblutet hast.

Bevor du lächelst, sprichst und gehst,

erinnere dich an meine Worte,

weil du es wert bist,

geschätzt zu werden.

Blumen sind keine Geschenke,

sie sind stille Worte der Liebe..

BEGLEITER

Mein treuester Begleiter ist wild,

hat eine große Schnauze

und ein noch größeres Herz,

mein treuester Begleiter ist süß,

hat wohl etwas zu viele Haare

und noch mehr Lust auf kuscheln,

mein treuester Begleiter hat vier Beine,

hat mein Herz gewonnen

und noch viel mehr meine Dankbarkeit.

Danke!

Brandung

Du warst meine Brandung am Fels,

du warst meine Gefahr in der Sicherheit,

du warst meine Wildnis in der Zivilisation,

du warst das Feuer in meinem kühlen Kopf,

du warst das Gift in meinem heilenden Tee..

Du warst soviel und doch so wenig,

so schlecht und doch so gut für mich.

Du warst soviel mehr und doch immer weniger,

so wohltuend und doch so toxisch.

Du warst rückblickend all das nur,

weil ich dich so sehr liebte,

nicht weil du meine Liebe warst..

Balsam

Blütenzarte Haut,

die mich in deinen Bann zieht,

Blumen, die aufblühen in deiner Nähe,

wirken letztendlich beseelt in deinen Händen,

deine Augen bergen Geheimnisse,

wie jene auf den höchsten Bergen,

nimmt man sie in Betracht ganz nah,

wirken sie den meisten doch so fern,

wie von einem schönen fremden Stern,

doch so viele auch buhlen um deine Gunst,

sehen die meisten in dir nur betörende Kunst,

während ich sie sehe; Gottes Liebe in dir,

immer tiefer gehend; sehe ich gar Gottes Liebe zu dir,

sie bekriechen sich demütig; vor deinem Thron,

keiner wagt, dich zu bezwingen,

wem vermag es auch gelingen,

mit dir voller Härte zu ringen,

nein, dein Balsam ist Liebe,

denn Liebe ist

Balsam.

CHAOS

Chaos.

War mein zweiter Name.

Chaos.

War mein Leben vor dir.

Chaos.

War auch mein erster Name.

Ordnung.

Brachtest du nicht hinein.

Doch alles in Ordnung.

Was vorher Chaos war..

Chai

Der Duft von Kardamom steigt in meiner Nase auf,

wärmend, würzig und erdig riecht es nach Heimat,

die Nuancen von Nelken schweben wie Verliebte hinterher,

mit einem Hauch an Schärfe, doch süßlich; riecht es nach Heimat

das Zimtaroma umkreist tänzelnd; schmeichelt charmant,

so holzig, gar zitrisch warm; riecht es nach Heimat.

Warme Milch und heißer Schwarztee, brauner Zucker,

frisch von den geliebten Tieren, den Plantagen, den Feldern,

in einem kleinen Becher aus glänzendem Edelstahl;

gießt du mir friedlich den Chai ein an jenem Tage,

fließend betrachte ich, ohne auch nur etwas zu sagen,

so flüstern die Verliebten; die Tänzer von Heirat,

der erste und letzte Schluck; schmeckt nach Heimat..

Charakter wird nicht vererbt, sondern gelernt.

Charakter ist eine der teuersten Währungen.

Charakter bleibt, während die Hülle vergeht.

Charakter macht aus Scheiße Gold.

Charakter ist die Essenz.

Charakter ist Leben.

Caesar kam, sah und siegte.

Doch was machst du gerade?

Du machst dich zum Clown.

Du kommst da nicht raus.

Du siehst dich untergehen.

Und verlierst alles, was du hast.

Weil du im Chaos lebst.

Weil du keine Grenzen ziehst.

Weil du zu viel durchgehen lässt.

Chancen entstehen nicht einfach.

Du gibst sie dir selbst.

Und selbst, wenn jemand sie dir gibt.

Kann es sein, dass du dich selbst verbiegst.

Dass du dich selbst verschließt.

Cool sein reicht nicht.

Sei wie Caesar.

Charismatisch wie du bist,

fühlen sich alle von dir angezogen.

Doch Vorsicht ist geboten.

Auf wen du auch triffst.

Lass es dir nicht nehmen.

Dein Strahlen - sie wollen es holen.

Keiner wird es zurückgeben.

Ist es einmal gestohlen..

Charme

Charmant war dein Lächeln, hüllte mich in Sanftheit, wurde zum Hafen meiner Seele, gestrandet in deinem Leben, gar dankbar für Tränen.

Charmant waren deine Augen, wie zwei Edelsteine geschliffen von Gottes Händen, blickten mich innig an, wiegten mich in Geborgenheit, auf dem Teppich der Nacht wie Perlen wachten sie als meine Sterne im Mondlicht über mir.

Charmant waren deine Lippen, feuerrot, wie der Anmut eines blühenden Rosengartens, voller als ein Himmelsbogen, umgeben von Magie, die bei Berührung mehr versprach.

Charmant war all das, dein Körper, die Hülle, das Gefäß, deine Leiblichkeit und Gestalt.

Charmelos wie schamlos war dein Innenleben, dein Wesensspiegel, dein Schattenherz und dein Charakter.

Charme wurde dir großzügig zuteil, doch deinen Charakter entwickeltest du sehr sparsam..

Drama

Drama brauchen nur Menschen, die es in ihrer Kindheit so gesehen haben und noch abgespeichert haben, dass es so „normal" ist.

Eine undankbare Seele wird unter ihrer Undankbarkeit leiden. Sie wird nie erkennen, welche Segnungen sie treffen. Sie wird nie verstehen, wie gut es ihr geht. Sie wird nie verstehen, wie wunderbar die Menschen um sie herum sind. Dankbarkeit füllt dein Herz mit einem Glitzern. Dieses Glitzern wird jedem ein Strahlen schenken, der es ansieht. So wie du dankbar bist für alles, was dich trifft. Die höchste Stufe jener Dankbarkeit ist dankbar zu sein für das, was man nicht hat. Was du nicht hast? Vielleicht hast du gerade keine Krankheit, du hast keinen Krieg in deinem Land, du hast keine Obdachlosigkeit, die dich belastet..

Du

Du bist das schönste Gemälde, das ich je sah,

die stärkste Seele, die je in meiner Nähe war,

du bist das zarteste Wesen, das je bei mir saß,

die köstlichste Frucht, die ich wohl jemals aß,

du bist der schärfste Verstand, der je zu mir sprach,

die poetischsten Worte auf die mein Gehör je traf,

der wohlriechendste Duft, den ich roch in der Nase,

die edelste Zeit, die vollkommenste Gabe,

die ich je bekam zu Zeiten meiner Lebenstage..

Dankbarkeit ist das höchste Gut, welches du dir selbst schenken kannst.

Dankbare Menschen sind ein Garantiesiegel: Sie werden dich nie hintergehen, bestehlen oder dir dein Herz brechen. Dankbarkeit schützt!

Durchsichtig zu sein für seinen Partner nenne ich wahre Liebe. Sich ohne Angst, voller Vertrauen, Demut und Dankbarkeit zu öffnen - ist ein sehr großer und respektabler Schritt..

Der Richtige gibt dir alles, was du verdienst.

Doch die Falsche will von dir alles, was du verdienst.

Sie will dein Geld, dein Auto und dein Haus.

Die Wahre braucht all das nicht und scheißt darauf.

Der Richtige gibt dir Liebe und führt dich durchs Leben.

Der Falsche will nur Sex mit dir und wird dafür viel reden.

Die Wahre trägt stolz dein Kind in ihrem Bauch.

Die Falsche gibt dich, wenn du pleite bist, direkt wieder auf.

Entscheide dich - richtig oder falsch..

Energie

Ein einziger Augenblick, der mir die Sicht für die Wogen des Lebens nahm.

Ich blickte in deine Augen; sie strahlten in die Tiefen meines Herzens.

Ein einziger Augenblick, der mir Vernunft raubte ohne, dass ich es übelnahm.

Ich wollte mehr für das Meer in mir, das sich mit Wellen der Liebe für dich füllte.

Doch wie du kamst, so gingst du auch, ich sah es nicht kommen,

verstand es nicht - du hattest mich ja meiner Sicht und meiner Vernunft beraubt.

Du hinterließt einen leeren Raum in meinem Herzen, den ich nun Jahr für Jahr schmücke mit deinen Bildern.

Versuche dem Meister nahe zu kommen,

der deine Schönheit erschaffen hat..

Kunstreiche Kammern voller Kummer,

die ich schon lange nicht mehr betrete.

Nur, wenn ich wieder nächtelang malte -

und wiederkehre mit einem farbenfrohen Gemälde.

Benebelt; ergrauter Sicht und vertrockneter Vernunft.

Für einen einzigen Augenblick.

Ehre ist so gebrechlich.. Sie baut sich über Jahre auf und zerbricht in wenigen Sekunden. Nur ein kleiner Stoß mit dem Finger und schon zerfällt sie zu Staub, welcher im Winde verweht. Getragen von jenen Stimmen, die vermeintlich alles über dich besser wissen. In die Ferne weht der Wind, folge ihm. Du hast an einem Ort, der deine Ehre als zerbrechlichen Hauptteil deiner Würdigkeit ansieht, nichts verloren..

Ewigkeit

Was weiß meine Wenigkeit,

schon von der Ewigkeit,

von dem Leben danach

oder dem Leben davor,

wenn der Atem versagt

und das Herz nicht versorgt,

ja, meine Hülle hat nicht ewig Zeit,

für meine Wenigkeit,

mir bleibt nur ein Lidschlag

oder nur eine Lebensdekade,

vielleicht weine ich jeden Tag,

oder lache sämtliche Lebensjahre.

Wer weiß das schon über seine Wenigkeit,

uns allen bleibt hier nur wenig Zeit,

oder ganz viel, wenn man sie teilt,

im Momente, statt in Sorge verweilt,

was weiß deine Wenigkeit,

schon von der Ewigkeit?

Erhebe dich,

erhebe dich vom Leid,

erhebe dich vom Schmerz,

erhebe dich vom alten Hass.

Erhebe dich aus der toten Asche.

Erhebe dich aus den Ketten des Lebens.

Erhebe dich aus der vergänglichen Wehmut.

Erhebe dich, weil du es wahrhaft wert bist.

Erhebe dich, weil du schon zu lang trauerst.

Erhebe dich, weil dein Lächeln schön ist.

Erhebe dich, weil du weiterkämpfst.

Erhebe dich, bis ihr Lachen vergeht.

Erhebe dich, bis du schwebst.

Erhebe dich, für dich.

Erhebe dich.

FEUER

Freunde trennt nur ein Buchstabe von Freude. Deshalb sind sie so wichtig und wunderbar..

Floral

Du blühst.

Du wirst rot.

Du blühst so auf.

Du hörst auch nicht auf.

Du nimmst dir die Sonne.

Du stellst Andere in den Schatten.

Du ziehst schamlose Fliegen an.

Du lässt Dornen wachsen.

Du lernst Eigenschutz.

Du verwelkst.

Falsche Freunde nehmen dir deine Freude. Wahre Freunde bringen Freude in dein Leben!

Frieden

Heute ziehen dunkle Wolken auf,

es wird regnen, wir werden nass,

es werden sich wieder Leute aufregen,

doch das ist langsam egal,

es wird regnen, doch ohne Segen,

nach dem Regen kommt die Stille,

ein Regen ohne Sturm,

doch Verwüstung bringt er trotzdem,

ein Regen ohne Wasser,

doch überschwemmt das Land,

ein Regen, der nicht kühl ist,

sondern jeden hier verbrennt.

Nach all dem Regen,

nach all den roten Tropfen,

nach all den dunklen Wolken,

nach all den schwimmenden Körpern,

nach all den Seelen, heimkehrend zu Gott,

bleibt nur noch Frieden.

Denn wo kein Mensch mehr bleibt,

wird auf ewig Frieden sein..

Dein Feuer ist das Wichtigste in deinem Leben. Lasse nicht zu, dass du böse Menschen in dein Leben lässt, die dreckiges Wasser darüber gießen..

Glaube

Gott ist die beste Hoffnung in den schlechtesten Zeiten..

Granatapfelbaum

Unter dem Granatapfelbaum, saß ich bei praller Sonne,

auf andalusischem Boden, so fiel eine Frucht auf mein Haupt,

klopfte dumpf an meinem Schädel, schmerzte mir so sehr,

doch lehrte mich soviel mehr im folgenden Moment,

ich griff danach, betrachtete die raue Schale,

roch daran, so süßlich und fruchtig,

so würzig und doch lieblich.

Der Granatapfel sprach zu mir in verschiedensten Sprachen,

mit der Bitte ihn zu öffnen, all seine Bewohner zu sehen,

so saßen all die roten Kerne geordnet in ihm da,

sie schauten zu mir auf, keiner tanzte heraus,

ich fragte, wie sie das schaffen als Ganzes,

dass die Menschen gespalten seien,

sich bekriegen und gar morden,

so neiderfüllt und liebesleer,

die Antwort traf mich,

Sie taten kund, sie hatten alle gleich viel, gleichen Raum,

gleichen Trank und gleiche Speisen, gleichen Tag

und gleiche Nacht, zu der sie sangen und aßen,

ohne Termine, wahnsinnige Ziele oder Pläne,

sie sahen einander an, nicht herab oder auf,

waren füreinander da, ob kühl oder warm,

und ging einer von ihnen, gingen alle,

so lernte ich von den Kernen mehr,

als von jenen Menschen im Leben,

dass wir nur rennen, nicht leben,

dass wir zanken, nicht reden,

nur wanken, nicht eben,

wie ein Granatapfel,

leben.

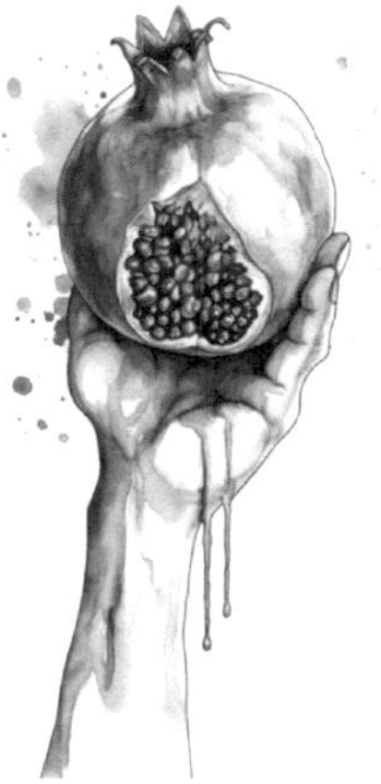

Glaube ist der Samen, welcher in einem Herzen keimt und blühen kann, wenn er voller Reinheit ist - und nicht von weltlichen Begierden überdeckt wird..

Geld erleichtert dir den Tod nicht, aber das Leben.

Ein guter Mensch zu sein bedeutet nicht - ein gutes Leben zu haben! Löse dich von dem Gedanken! Du machst Anderen ein gutes Leben als guter Mensch - aber das heißt nicht, dass deins automatisch besser wird. Ein guter und korrekter Mensch zu sein, bedeutet innere Stärke, tiefe Ruhe und ehrwürdigen Charakter. Vor allem, weil man oft nicht das bekommt, was man verdient! Und trotzdem wirst du langfristig niemals verlieren, denn du gewinnst an Liebe, Respekt vor dir selbst und an guten Punkten auf deinem „Gute-Taten-Konto".

Gespräche über Liebe begonnen,

enden in Diskussionen voll Hass.

Angefangen mit einem makellosen Lächeln,

verschwand dein Schluss-Lidstrich unter Tränen.

Wo anfangs noch endlose Wärme war,

liegen unsere Herzen letztendlich unter Schnee.

Ich würde mit dir gerne die letzten Schritte gehen.

Doch beginne ohne dich heute ein neues Leben.

Eine Beziehung an der Klippe machte mir Angst.

Jetzt blicke ich genau von dieser Klippe in die Freiheit.

Schöner Eingang, den ich zu deinem Herzen fand.

Doch der Ausgang unserer Liebe entzweit unsere Einheit..

Begonnen mit stotterndem „Hi.. Hi."

Beendet heute ein sicheres: „Bye, bye."

Grabstätte

Saßen wir einst da,

lächelten einander an,

liegst du heute genau da,

unter warmer Erde begraben..

Mir dreht sich der Magen,

sehe ich dich da,

schaue deinen Grabstein an,

schweigst du heute genau da.

Wo wir einst zusammen waren..

HEIMAT

Heuchelei ist keine Krankheit, doch klingt so - jedes Mal, wenn Heuchler ihre Lügen husten.

Heimkehr

Auf dem Weg meines Lebens, fand ich Nächte voll Regen, Tage voll
Sonne, Tage voll Tod, Jahre voll Leben.

Auf dem Weg meines Lebens, suchte ich nach Wahrheit vergebens,
doch war die Klarheit zugegen, suchte nach Arbeit belebend, nach
wahrer Familie vergebend,

Auf dem Weg meines Lebens, gab es so viele Steine und Hürden,
Leiden und Bürden, Schweigen und Würden ganz selten.

Hinaus in die weite Welt zu ziehen, war einst mein großer Traum,

doch je weiter ich rannte, so kehrte ich doch mit jedem Schritt wieder
heim.

Sah mein Auge nur flaches Land vor mir, so wusste Gott doch gewiss,

die Erde hatte er kreisrund geformt, so brachte jeder Schritt nur eins,

dass ich nach langem rennen wieder bei Mutter saß daheim,

und sie die Hände hob und zum Himmel dankte:
Mein Herr, ich wusste doch, du bringst meinen Sohn wieder heim.

Auch, wenn die endgültige Heimkehr beim Herren war..

Nicht jede Hand, die du drückst - würde dich in schweren Zeiten in den Arm nehmen und drücken..

Halte nicht an Menschen fest, die dich längst schon verraten haben.
Sie nutzen dich aus, verlieren den Respekt und bald wirst du ersetzt.
Lasse los, so hast du beide Hände frei, die von der richtigen Person
sogar geküsst werden in Zukunft..

Manche lieben dich von Kopf bis Fuß, doch viele hassen dich vom Zehnagel bis zur Haarspitze..

Kenne den Unterschied: Manche Männer tragen Hemden. Manche sind Hemden..

Individualität

Ich bin der Elefant, der dir Elfenbein bringt - ich vergesse nichts.

Ich bin der Hund, den du vergiftest - belle jedoch nicht.

Ich bin der Tiger, der Bär, dessen Fell bei dir auf dem Boden liegt - du klaust meine Klauen.

Ich bin der Löwe, dessen Reißzähne du jagst - zerreiße dich jedoch nicht.

Ich bin das Pferd auf das du wettest - spiele aber nie mit deinem Geld.

Ich bin der Affe an dem du Make-Up testest - doch kannst es dir nicht abschminken.

Ich bin der Falke, den du vom Himmel schießt - doch sehe dich immer noch.

Ich bin das Schwein, die Kuh und das Huhn, deren Fleisch du frisst.

Ich bin das Leben, über das du bestimmst.

Und du bist das Leben, das du mir nimmst..

So verstehe doch..

Ich bin die Wahrheit, die du nicht siehst.

Ich bin das Leid, das du nicht fühlst.

Ich bin das Tier, das dir niemals vergibt.

Ich bin ein Mensch, der die Tierwelt mehr als die Bestie Mensch liebt.

In deinen Augen fand ich den Tiefgang der Meere,

in deinen Armen fand ich Erfüllung nach Leere,

in deinen Lippen fand ich Glück für ewige Freude,

in deinen Füßen fand ich den Pfad meiner Träume,

in deinen Haaren fand ich die Blüten deines Duftes,

in deinem Bauch fand ich das Leben meines Blutes.
In dir fand ich die Hälfte meines Glaubens,

und die Vervollkommnung meines Vertrauens..

Isolation - der Weg zum Glück?

Zu viele Menschen um dich herum zerstören dein Glück.

Zu viele Menschen um dich herum, sind zu viele Ablenkungen um dich herum.

Immer mit anderen zu sein und nur zu wissen, wer SIE sind - wird dir niemals die Möglichkeit geben, herauszufinden, wer DU bist!

Erst wenn du alleine bist - über viele Stunden - beginnst du zu merken, dass in dir noch diese Stimme ist, die die ganze Zeit zu dir spricht.

Aber zu viele Menschen um dich herum, ist zu viel Lärm um dich herum. Und diese Stimme spricht immer sanft.

Zu viel Lärm um dich herum bedeutet, dass du deine EIGENE STIMME nicht mehr hörst!

Diese Stimme, die dir hilft - alles über dich selbst herauszufinden.

Dir zeigt, wer und was du bist.

Höre ihr zu.

Sei Du.

INDIVIDUELL

In jedem von uns steckt etwas Wunderbares. Heutzutage trauen sich viele Menschen nur nicht, herauszufinden was es ist. Sie haben sogar Angst! Angst vor ihrer Intuition, vor ihrem Talent und vor ihrem Potential. Sie sind zu beschäftigt mit dem ganzen Alltag und den Problemen, die sie vermeintlich haben. Sie sind zu erstarrt, um sich zu bewegen. Selbst ihre Emotionen sind heruntergefahren, weil sie täglich nur funktionieren wollen. Nicht müssen. Nur fünf Minuten am Tag. Damit musst du beginnen und etwas tun, was du liebst. Und wenn du das noch nicht weißt, dann sitze die ersten Tage fünf Minuten still im Raum und denke nach. Nach wenigen Wochen oder Tagen fällt dir ein, dass du als Kind oder Jugendlicher vielleicht etwas Bestimmtes machen wolltest. Mache es! Und du wirst soviel Potential entdecken, das wunderbar ist. Ein Wunder!

Jovial

Ja

Und manche warten nur auf den Tag,

an dem sie Ja sagt und den Ring anzieht.

Manche warten nur auf den Tag,

an dem sie heiraten und feiern.

Manche behaupten, es sei der

wohl wichtigste Tag ihres Lebens.

Doch ich warte nur auf den einen Tag,

an dem du deinen letzten Atemzug nimmst.

Ich warte nur auf den Tag, der mir beweist,

du warst bis zum Ende für mich bestimmt.

Und sogleich war auch ich es für dich.

Das ist der wichtigste Tag meines Lebens,

denn damit ist gewiss: Diese Beziehung

war wahrhaft mein Leben.

Jeans

Du machst einen schönen Po, schöne Taille und siehst schön aus.

Doch du zwängst mich ein, passe ich rein oder rege ich mich morgens wieder auf?

Du passt an einem Tag, an einem anderen Tag wieder nicht.

Nach ein paar Wochen ersetze ich dich durch eine Neue.

Doch wer sagt, dass ich mich freue?

Alles geht wieder von vorne los und ich frage mich:
Wollte ich schon immer diese Jeans tragen?
Oder beeinflusst da jemand..

Mich!

Jeden zweiten Abend fließen Tränen.

Weiß manchmal nicht, wohin in diesem Leben.

Kein Mensch, der mich hält, mir gefällt, mich erhellt.

Alle wollen in dieser Welt: Dieses Geld - viel zu schnell.

Ich weiß nicht mehr, was wahre Liebe ist.

Ich hasse viel an der Menschheit, doch liebe mich.

Wir Guten sind eine Allianz.

Schütze mich, halte jeden Bösen auf Distanz.

Meine Frau sah mich sofort, zu anderen war sie arrogant.

Eine, die mich ohne Worte versteht.

Und auch bei langem Schweigen nicht von mir geht.

Denn ich schweige soviel, wenn ich traurig bin.

Höre soviel Musik, wenn ich traurig bin.

Sie findet meine Gedanken in den Texten, die ich höre.

Erkennt meine Stimmung in den Texten, die ich schreibe.

Erkennt wie ich innen zerfetzt bin, wie ich leide.

Traf nie so Eine. Nur welche die sagen, sie seien nicht so Eine.

Ja du bist nicht so Eine. Nach diesem Text singen sie:

Doch genau so eine bin ich.

Aber es ist vorbei. Falsche Frauen sind billig.

Vermisse die eine, die mich still umarmt.

Weil sie weiß, ich hörte zu viele leere Worte.

Vermisse die Eine, die mich nicht vor Anderen warnt.

Weil sie weiß, ihr Mann ist stark.

Sie warnt Andere vor mir.

Denn bei Ungerechtigkeit wird dein Mann zum Tier.

Sie erkennt jeden meiner Blicke.

Kennt meine Tier- und Kinderliebe, doch kennt auch für Tier- und Kinderschänder meine Stiche.

Sie hütet sich vor der Welt, braucht kein Blitzlicht.

Influencer-Traumfrauen finde ich eher witzig.

Eure Werte sind falsch, eure Normen sind krank geworden.

Legt mich zwar in den Sarg - doch schreibt drauf: Er ist als Schrank gestorben.

Jeder will an dir feilen, ein bisschen hier, ein bisschen da,

färb, schneid, kürz, verlänger dein Haar,

schmink, rasier, tätowier dich doch mal.

Sei nett, nicht naiv, sei hart, nicht zu streng.

Bleib wie du bist, veränder dich doch mal!

Mach mal Sport, werd nicht zu dünn, zu viele Muskeln, zu viel Fett, dir steht eher dünn.

Kleid dich nicht zu frei, zieh dich mal sexier an, zeig nicht alles von dir. Ist doch klar!

Iss dies nicht, iss das nicht, trink mal mehr, trink nicht zu viel!

Wie war das nochmal?

Hab mehr Dates, lass dich nicht auf jeden ein, triff dich doch mal.

Pass bloß auf, trau lieber keinem, jeder ist ein Schwein, gib dich mit denen nicht ab.

Stück für Stück, Stück für Stück.

Bis du brichst, bis du brichst..

Von dir bleiben 1000 Scherben,

keinen juckt's: Lass sie sterben.

Oh, sie hätte mehr sie selbst sein soll'n.

Sie hätte mehr auf sich selbst hören soll'n.

Sie hätte dies, sie hätte das.

Er wäre dies, er wäre das.

Sie hätte mehr leben sollen, doch nicht zu viel.

Und von vorne beginnt das Spiel.

Selbst nach deinem Tod lässt dir diese Menschheit keine Ruhe.

Egal wie ich bin, egal was ich tue.

Ich kann es ihnen nicht recht machen,

und werde es ihnen auch nicht recht machen.

Sei du selbst - mehr brauchst du nicht.

Hör nicht auf irgendeinen Taugenichts!

Der selbst nichts weiß - mit seinem Leben anzufangen.

Leb dein Leben, leb wie du willst, beende ihren Einfluss, es wird Zeit anzufangen..

Kreativ

Die Katze ist die Tante des Löwen bei uns.. Warum?

Mama sagt: Die Katze nahm jüngst ihres Daseins den Löwen mit, um ihn das Überleben und Leben zu lehren. Sie liefen durch die Wildnis und der Löwe folgte Ihr auf Schritt und Tritt und war achtsam ihrer Worte. Sie zeigte ihm wie er jagt, erbeutet, erlegt, sich niederlegt, schläft, sich putzt und gedeiht.

Als sie ihn all dies gelehrt hatte, sprach sie: „Nun, ich habe dich alles gelehrt, was du brauchst, um als Löwe zu leben und zu überleben..“

Kaum hatte sie diese Worte ausgesprochen, versuchte der Löwe schon, sie zu fressen!

Sie kletterte weit hoch auf einen Baum und sprach ihren Satz zu Ende: „..doch eins habe ich dich nicht gelehrt: Das Klettern.“

Der Löwe fragte erstaunt von unten: „Warum?“

Sie antwortete: „Damit du niemals tun kannst, was du nun tun würdest: Deinen Meister zu töten, der dich alles lehrte!“

Für den Käfig, den du um mein Herz herum bautest,

für die Narben, die du auf meinem Herzen hinterließt,

für die Schmerzen, die du meinem Herzen bereitetest,

für die Angst, die du in meinem Herzen sprießen ließt,

für die Trauer, die du an meinem Herzen schriebst,

für den Kummer, den du für mein Herz sätest,

für den Hass, den du meinem Herzen gabst.

Für den Schlüssel, den du mich schmieden ließt.

Durch die Narben, Schmerzen, Angst,

durch die Trauer, den Kummer und den Hass.

lehrtest du mich mehr als die Liebe.

Ich wollte nur Danke sagen,

mit der Hoffnung und dem Gebet:
Mögest du deinen Schlüssel schmieden,

denn du bist alleine im Käfig geblieben..

Kurze Antworten auf lange Nachrichten können vorkommen. Doch, wenn jemand dir ständig kurz, knapp und kuhl antwortet - dann bleibt nur noch, den Kontakt aus deinem Smartphone zu löschen und deinen Weg zu gehen. Denn diese Person ist nicht an dir interessiert - egal wie beschäftigt ist: Eine liebevolle Nachricht geht immer!

Kenne deinen Wert - denn nur so erkennen Andere deinen Wert.

Wenn deinen eigenen Wert nicht kennst, ist es wie mit einer seltenen Münze: Du wirst denken, es sei nur eine Münze. Und jemand neben dir auch. Wenn du wüsstest, dass es eine besondere Münze ist, lass ich sie stehen.

Kreative Menschen leben oft in ihrer eigenen Welt,

so fällt ihnen schwer, in der Realität anwesend zu sein,

so fällt ihnen schwer, in der Realität normal zu sein,

so fällt ihnen schwer, in Grenzen zu denken,

weil ihre Fantasie grenzenlos ist,

bedingt durch ihre große Kreativität,

die sie treibt, die sie atmen und leben lässt,

die sie erfüllt, die sie fühlen und lieben lässt.

Kreative Menschen sind nicht komisch,

sie sind eigen, sie sind bunt, sie sind Kunst,

in allem was sie tun, denken und was sie sind.

Kreative Menschen machen unsere Welt würdig.

Lebenswürdig.

Liebe

Liebe ist,

wenn es dich zerfrisst,

dass deine Liebe nicht bei dir ist,

weil du sie Tag für Tag unendlich vermisst.

Liebe ist, wenn Schokolade plötzlich teilbar wird,

du keine Angst mehr hast, dass du einsam stirbst.

Du keine Angst mehr hast, weil jede Wunde heilbar wird.

Der Bund eurer Liebe für ewig braucht kein Papier.

Liebe ist, wenn die Konsole plötzlich keinen Spaß mehr macht.

Und du lieber mit deinem Herzen bist als besoffen bei irgendeiner Partynacht.

Liebe ist, wenn der Pulli deines Partners zu gut riecht.

Und wenn jemand ihn anfassen will, du blutrot siehst.

Liebe ist das Gefühl, wenn du beim Schlafengehen,

keine Schafe zählst,

sondern die Nummer deines Partners wählst.

Und ihm alles von deinem Tag erzählst.

Liebe ist, wenn du in die Augen von deinem Herzblut schaust.

Und malst dir automatisch mit ihm die Zukunft aus.

Sag mir jetzt: Was ist Liebe für dich?

Wenn nicht das, was ich gerade schrieb hier für dich.

Für euch.

Für mich..

Lesen ist die Liebe von Menschen, die gerne zuhören - doch die besten Worte in Büchern finden, statt in Gesprächen.

Lieber bester Freund,

danke für die gemeinsame Zeit!

Egal ob Freude oder Leid.

Du warst immer da,

ob Nachsitzen in der Schule oder Ärger bei der Polizei,

Mit dir gehe ich durch dick und dünn:

Fressen bis wir fett sind - aber auch gemeinsam hungern ist drin.

Du bist der Erste, der lacht, wenn ich manchmal auf den Arsch fliege.

Doch tust dann auch so als ob du stolperst und fällst hin - wahre Liebe.

Schlaflose Nächte, maßlose Fetze,

doch keiner kann meinen Freund hier ersetzen.

Egal ob ich pleite bin oder ob es irgendwo Stress gibt.

Du bist immer da, wenn was ist - das macht dich unersetzlich.

Du kaufst sogar für Mama ein, wenn ich wieder mal weg bin.

Und jede wahre Freundschaft beginnt mit Streit - es macht alles jetzt Sinn.

Weißt du noch, die letzten 5€ Euro und der Spielautomat?

An dem Abend verloren wir: „Nie wieder“ haben wir uns gesagt.

Und dann war da noch die Sache, mit den Frauen, Bruder.

Bleib treu, mach keinen Scheiß - weil wir sowas nicht brauchen, Bruder.

Wie die Lehrer sagten: Ich habe auf dich einen schlechten Einfluss.

Heute sind wir so weit gekommen - auf deinen Kopf gibt es einen Kuss.

Der einzige Mensch mit dem ich wirklich über alles reden kann.

Und ich bin mir sicher, diese Freundschaft hält ein Leben lang.

Langsam in einer schnelllebigen Welt zu sein,

wird dir viel Gelächter einbringen.

Doch sie merken nicht, wie ihre Zeit vergeht,

während sie der Welt hinterherrennen,

die sich von ihnen stündlich wegdreht.

Langsame Gedanken, langsame Handlungen,

langsam gesprochene Worte haben soviel Macht.

Doch darüber hat heute wohl niemand mehr nachgedacht.

Alle beschweren sich über Social Media: TikTok, Instagram & Co.

Alles sei so kurzlebig, so kurzweilig, so kurz gedacht.

Doch kaum jemand ruht in seinen Handlungen.

So atme ich drei Mal tief durch und handle langsam,

spreche langsam und vielleicht.

Vielleicht denke ich dafür umso schneller..

Mutter

Mama

Mama schläft,

ich bin dankbar,

so viele Jahre wachte sie über mich,

sie war trotz allem dankbar,

heute wache ich über sie,

die Falten in ihrem Gesicht zeugen von Mut,

die Augen - selbst geschlossen; von Anmut..

Ihre Lippen formten die größten Worte,

für unsere kleinen Herzen und Ohren,

sie begleitete unsere ersten Schritte,

heute laufen wir die Letzten mit ihr,

wir verhielten uns so oft kindisch,

heute lächeln wir, wenn sie es tut,

Mama aß nichts, damit wir nicht hungerten,

trocknete ihre Venen aus für unseren Durst,

die Einfachheit; wenn wir uns wunderten,

war ihr nie zu viel,

sie gab soviel, doch verlangte nie,

selbst ihr Herz gab auf,

doch sie tat es nie.

Mama,

du bist die Sonne meines Lebens,

die Wonne meines Regens,

heute fehlt es an Zeit,

doch in der Ewigkeit,

werde ich sie dir tonnenweise geben..

Menschen sind - wahrhaft gefährlich.

Ein Tattoo, ein Kopftuch, ein Jogginganzug bedeutet nicht, dass jemand gefährlich ist.

Die Bösen tragen meist Anzug, denn eine Krawatte bedeutet nicht, dass jemand ehrlich ist.

Denn meist sind Menschen gar nicht so ehrlich wie man denkt.

Planen Intrigen, werden zu Ratten, zu Schlangen, zu Hyänen, wenn man zu viel vertraut und zu wenig lenkt.

Ja, du musst den Stift des Schicksals lenken,

deine Kreise zeichnen, Grenzen ziehen, dein Leben bunt machen und das beste Papier für das Buch deines Lebens verwenden.

Du darfst deine Zeit nicht mit neidischen Menschen verschwenden, weil..

Weil Menschen sind - wahrhaft gefährlich.

In der Liebe viel zu selten ehrlich und viel zu selten treu.

Pass auf, wem du vertraust auf wen du baust und wem du glaubst. Bevor du es bereust..

Bevor du es bereust und dein Partner dir mit einem einzigen Körperteil fremdgeht, deine Familie böse Augen auf dich wirft, dein bester Freund dir in den Rücken sticht und dort - dort im besten Fall nur das Herz zwischen deinen Rippen trifft.

Ja. Menschen sind wahrhaft gefährlich..

Manche geben damit an: „Ich habe zuerst Schluss gemacht."

Ja, weil du Idiot als Erster aufgegeben hast.. Du hättest vielleicht um diese Beziehung kämpfen müssen!

Manchmal sieht man zu viel in Menschen: Ein gleißendes Licht, es strahlt so stark, so wunderschön, erhellt dein gesamtes Sichtfeld.

Und beraubt dich deiner Sinne.

Lässt dich innehalten.

Es kommt auf dich zu.

Wird immer heller und schöner.

Bis sich deine Augen daran gewöhnt haben:

Und plötzlich ist es nur noch ein LKW-Scheinwerfer,

der auf dich zufährt.

Und dich töten wird, wenn du nicht zur Seite weichst..

Eine Mutter ist der Ursprung des Lebens.

Und doch vergessen heute viele

ihren Wert zu schätzen.

Mütter, die alleinerziehend sind,

erleben oft alleine erdrückende Momente.

Du siehst, wie die Löwin steht,

doch selten wie sie am Boden liegt.

Siehst - wie sie laut lacht.

Doch nie wie sie leise weint.

Mütter, die alleinerziehend sind,

sind oft doppelt stark, doch auch doppelt allein..

Manche Menschen schlafen aus, verschlafen das Leben,

manche gönnen sich keinen Schlaf

bis sie im Schlaf Geld verdienen.

Neblig

Der Narzisst in deinem Haus,

anfangs ein Traum, am Ende ein Graus.

Erst liebevoll, dann kommt der Hass aus ihm raus.

Er schlägt, demütigt und beutet dich aus.

Kratzt an deinem Ego,

verwundet deine Seele.

Bricht deinen Widerstand,

und dazu jede Regel..

Der Narzisst in deinem Haus,

anfangs ein Traum, am Ende ein Graus.

Er ist ein Stich in dein Herz.

Bringt erst Licht, dann Schmerz.

Und wenn du gehen willst, wird er nett.

Verführt dich, zieht dich ins Bett.

Nur, um am Morgen wieder richtig zu hassen.

Du bist zu klug, um dich manipulieren zu lassen.

Doch du fällst immer wieder rein.

Und irgendwann fällt dir auf..

Der perfekte Typ vom Anfang wird er nie wieder sein.

Also, muss er aus deinem Leben raus.

Der Narzisst in deinem Haus.

Anfangs ein Traum, am Ende ein Graus..

Nebelreich

Als die Welt verstand,

dass sie immer mehr verschwand,

in bösen Menschen und dunklen Taten,

so wurde sie benebelt, von all den Problemen.

So wurden die Menschen blind,

schlugen wild um sich herum,

erschlugen ihr eigenes Menschengeschlecht,

und als der Nebel vorbeigezogen war,

so sahen sie wieder und ihnen wurde schlecht,

von ihren eigenen Taten, doch niemand gab es zu,

jeder zeigte auf den Anderen,

so begann der Streit von vorn

und sie schlugen diesmal ohne den Nebel zu..

Niemals würdest du dies,

niemals würdest du das,

niemals fällst du hin,

niemals machst du Dummheiten,

niemals würdest du es verkacken,

niemals würdest du geschieden sein.

Sag niemals nie, denn sonst wird das Leben

geNIEßen, dir den Spiegel vorzuhalten.

Oasen

Ohne dich vergeht kein Wimpernschlag glücklich,

ohne dich Liebe vergeht und das möchte ich nicht,

ohne dich zweifle ich wahrhaft an meiner Existenz,

ohne dich leide ich so oft, weil es innerlich brennt,

ohne dich weine ich täglich; mir bleibt nichts übrig,

ohne dich fühle mich von der ganzen Welt erniedrigt,

ohne dich wird das Leben zum Tod für mein Herz,

ohne dich wird jede Heilung zu ewigem Schmerz,

ohne dich möchte ich keinen Atemzug mehr nehmen,

denn mit dir ist auch die größte Atemnot ein Segen..

Obwohl man manchen Menschen alles gibt, sind sie nie bereit, etwas zurückzugeben - wenn du etwas brauchst.

Meine Ohren hören zu, meine Augen sehen zu - doch mein Mund bleibt stumm. Denke jedoch nicht, dass mein Schweigen Blindheit bedeutet..

Oase

Als der Sand brannte unter meinen Füßen

und die Sonne sengte an meiner braunen Haut,

als die ungnädige Hitze schnürte meinen Atem

und der Durst trocknete meine ganze Kehle,

als der Hunger nagte an meinem Magen,

da fand ich das erste Mal meine Oase,

in deinen Düften, in deinen Lippen,

in deiner Kühle, in deinen Haaren,

im Feuer über dem du kochtest,

im Zelt, indem du schliefst,

war ich sehr bald verliebt.

In dich, meine Oase.

Odem

Du bist mein Odem,

du bist nicht meine erste Liebe,

du bist mein letzter Atemzug,

du bist nicht mein erster Kuss,

du bist meine letzte Umarmung,

du bist nicht meine erste Beziehung,

du bist meine letzte Ehe im Leben,

du bist nicht mein Herzschlag,

du bist das Blut in meinem Herz.

Du bist nicht der allererste Mensch,

doch du sollst der letzte meines Lebens sein.

So, sprich: Magst du mein Odem bleiben?

Oben wacht der Himmel,

unten ruhen wir in seiner Sicherheit.

Oben tanzen die Wolken,

unten atmen wir im Rhythmus der Erde.

Oben funkeln uns die Sterne an,

unten glänzen wir ihnen entgegen.

Oben lächelt der Mond herab,

unten lachen wir zu seinem Segen.

Oben wärmt die Sonne voll Liebe,

unten erwärmt uns das Licht umarmend.

So bleiben wir im Einklang, ob oben oder unten.

Ob unten oder oben - wir sind eins, vereint.

Eine unsichtbare Balance..

Paradies

Probiere niemals, jemandem zu vertrauen, der dein Vertrauen schon oft genug missbraucht hat..

Prachtvoll

Prachtvoll,

war dein Antlitz,

prachtvoll,

war dein Blick,

prachtvoll,

war dein Kuss,

prachtvoll,

war dein Kleid,

prachtvoll,

war dein Atem.

prachtvoll,

war dein Gang,

prachtvoll,

war jede Regung,

prachtvoll,

war die Zeit.

Du wirst meine Pracht,

während ich heute in Andacht,

auf dich warte und ruhe.

Bis du wiederkehrst,

mit prachtvollen Schritten..

Probiere niemals, das Vertrauen der Menschen zu testen,

du wirst in den meisten Fällen sehr hart enttäuscht werden.

Denn in zu vielen Menschen verbirgt sich ein Hang zur Illoyalität.

Paradies

So möchten wir weilen in deinen Gärten,

möchten kosten von deinem besten Trank,

so möchten wir lachen und nie mehr Leiden,

möchten lauschen deinem melodischen Klang,

so möchten wir nie mehr unsere Liebsten verlieren,

möchten in deinem Segen bleiben, ein Leben?

Nein, eine ganze Ewigkeit lang..

QUELLWASSER

Quote.

Erfülle sie.

Sei ein Teil.

Vom Status Quo.

Sei offen für sie.

Wir brauchen dich.

Das sagen wir, doch:

Wir denken ja, du brauchst uns.

Wir brauchen dich doch nur für die Quote.

Damit es nach außen hin bloß erscheint,

als ob wir uns gern einsetzen für deins,

für dein Volk, deine Ethnie und so,

am Ende bist du uns eh egal,

du bist eh nur eine Zahl,

genau wie die Quote,

also ja, erfülle sie,

sei nur kein Teil,

sei die Quote.

Qualitative Gespräche sind mir mit den Jahren immer wichtiger geworden als quantitative Gesellschaft. Was soll ich mit vielen Menschen viel reden, wenn keiner von ihnen mir zuhört oder mich versteht?

Quelle

In deinem Ursprung fand ich Kraft,

du stilltest meinen Durst unentwegt,

in deinem Wasser fand ich Reinheit,

zuerst für mich selbst, dann erkannte ich deine.

In deinen Wegen fand ich Weisheit,

und in deinem Fließen fand ich Liebe.

Du lehrtest mich ohne zu reden,

nur mit deinem Sein und Handeln,

du wurdest zum Vorbild für mich,

und ich zum Abbild von dir.

So stolz, dein Wesen in mir zu tragen,

denn seit Jahren folge ich deinem Weg,

der mich führt zu deinem Ursprung,

Und meiner Quelle..

RUHE

Die Ruhe, die du gibst, stillt den Lärm in mir.

Du bist meine sanfte Welle im Ozean,

die leichte Brise über den Herbstblättern,

du bist der erste wärmende Sonnenstrahl am Morgen

und der letzte küssende Lichtschein beim Abendrot.

Du bist der Hirte, der über seine Schafe wacht,

du bist die Mutter, die ihr Kind in den Armen wiegt.

Du bist die Wolke, die über mein Haupt still vorbeizieht,

du bist die Erde, die mich bei jedem Schritte trägt.

Die Ruhe, die du gibst, stillt soviel mehr in mir.

Die Liebe, die du gibst, heilt den Schmerz in mir..

Deine Reinheit reinigte den Dreck in mir, den böse Menschen hinterließen..

Rattennest

Jahre voller Hass, Schmerz und Missgunst,

habe ich verbracht zwischen euch.

Versuchte ich etwas, so wurde ich erniedrigt,

half ich euch bei allem, kam nichts von euch zurück.

Ihr nahmt und nahmt und nahmt, doch gabt nichts zurück.

Irgendwann juckte es mich so sehr, dass ich ausriss.

Die Krätze wart ihr, die mich innerlich zerriss.

Ich lief in die weite Welt und heilte sobald.

Und entdeckte im Wald einige Ratten,

sie verbreiteten Krankheit und Leid,

so sprach ich mit den Leuten im Dorf

und sie erzählten, was mir bekannt vorkam:
Die Ratten mischten sich unter die Leute,

zogen in ihre Häuser ein, nagten an Allem,

fraßen alles, legten ihr Kot ab, gaben nichts zurück.

Und verbreiteten somit eine Krankheit - die Pest..

Stärke

Stell dir vor, du wirst verfolgt.

Dich jagen 3 ganz unterschiedliche Personifizierungen.

Sie sind dir immer auf den Fersen und jedes Mal, wenn du nach hinten schaust- kommen sie näher.

Irgendwann fällst du hin und sie haben dich.

Alle 3 wollen dich mitnehmen.

Aber! Nur einer darf dich mitnehmen - du darfst entscheiden, mit wem du mitgehst! Und keine Sorge.. So schlimm ist es nicht.

Vor dir stehen: Geld, Liebe und Ruhm - oder sagen wir „Geld, Liebe und Fame“.

Mit Geld kannst du alles kaufen, selbst Fame bekommst du - aber keine Liebe.

Mit Fame bekommst du alles, selbst Geld - aber keine Liebe.

Mit Liebe bekommst du jeden - aber kein Geld oder Ruhm.

Wen wählst du? Ich bin mir sicher, trotz der verwirrenden Möglichkeiten, wirst du dich richtig entscheiden..

Suche nicht nach Liebe, lass dich finden.

Und wenn du dich fragst: Dann muss die andere Person doch suchen.

Nein, sie wird dich finden, ohne zu suchen. Wer für euch sucht, wenn ihr beide aufhört zu suchen? Das Schicksal nimmt die Suche dann in die Hand..

Sie

Sie ist 21 Jahre alt.

Ihr Herz so warm, doch ihre Art so kalt.

Sie ist tüchtig, doch sie schützt sich.

Weil sie lernte, auf sich aufzupassen.

Sich auf keinen Typen einzulassen.

Alle loben: Sie ist so fleißig.

Doch schon bald bist du 30.

Such dir `nen Mann, meine Kleine.

sonst bleibst du einsam & alleine.

Doch sie will Karriere machen.

Es für Mama & Papa alleine schaffen.

Keiner macht ihr was vor, sie ist klug.

Loyalität beschreibt ihr Wesen ganz gut.

Jeden Tag am Lernen, sie studiert.

In der Bib. Auf ihrem Sitz. Und dann passiert‘s..

Ein Junge setzt sich neben sie.

Und irgendwie.

Spürt Leila seine Aura.

Als wäre er hautnah.

„Ich glaub mal,

ich tick nicht ganz sauber."

Denkt sie und haut verwirrt ab von diesem Ort.

Gott hat für dieses Schicksal gesorgt.

Am nächsten Tag liegt ein Zettel auf ihrem Tisch.

Doch Leila weiß nur von ihren Eltern was Liebe ist.

Und so nehmen die Dinge ihren Lauf.

Leila schaut zu diesem Jungen auf.

Er ist fleißig, auch schon fast 30.

Und auch im Streit zeigt sich.

Dass er schon ziemlich reif ist.

Er schenkt ihr Respekt & geht gut mit ihr um.

Sie vertraut ihm, glaubt ihm, doch ist nicht dumm.

Freundinnen warnen sie, er sei für sie nicht gut.

Lass keine Dritten reinreden, weiß Leila zu gut.

Ihre Art ist zwar zart wie Rosenblätter,

doch ihre Zornesdornen dafür umso härter.

Denn wer sich einmischt,

bekommt einen Stich.

Von ihren Dornen, die scharf sind.

Wie ihre Zunge knallhart sind.

Doch sie bleibt bei ihm.

Denn sie vertraut ihm.

TREUE

Untreue ohne Reue.

Ist für einen in der Beziehung

immer teuer.

Teilchen

Wenn sich jedes einzelne Teilchen des Universums in zweiteilt,

wenn der Wind tobend dem Tosen des Feuers herbeieilt.

Wenn die Himmel sich zur Erde herab bewegen,

wenn der Vater aufhört auf Familie Acht zu geben,

wenn das Prasseln der Regentropfen die Ruhe zerstört,

wenn der Blinde wieder sieht und der Taube wieder hört,

wenn die Lebenden umarmt werden von den Toten,

wenn der Unkundige Briefe liest vom Boten.

Wenn selbst das hässlichste Antlitz wahrhaften Anmut zeigt,

wenn die gute Mutter ihr geliebtes Kind von sich weist,

Wenn die Steine schillern und die Sterne ergrauen,

wenn die Berge zittern und ihre Gipfel tauen.

Wenn der Frieden endgültig ermordet wird von Kriegen,

Sodann - sodann werde ich ablassen, dich zu lieben..

Taten sind die Folge von Worten und Worte sind die Folgen von Gedanken. So vergiss nicht, nur darauf zu achten - was du denkst. Deine Gedanken werden anfangen, alles zu lenken - wenn du anfängst, sie zu lenken.

Unser

Uns zwei gibt es nur einmal,

wie wir lachen,

wie wir weinen,

wie wir trauern,

wie wir leiden,

wie wir genießen,

wie wir hören,

wie wir lieben,

wie wir empören.

Wie wir sind,

wird keiner sein.

Weil wir uns trauen,

aufeinander bauen,

weil wir uns lieben

uns nie bekriegen.

Weil wir uns helfen,

wie zwei kleine Elfen,

uns nie verraten,

aufeinander warten.

Uns zwei gibt es nur einmal,

einmal für immer.

Unter all den hunderten Menschen, die dir im Leben begegnen, gibt es nur 3, die bis zum Ende bleiben. So passe gut auf, wen du in deinen Kreis lässt: Denn Verluste schmerzen mehr als langweilige Beständigkeit..

Unerfahrene Mädels und Jungs,

sie handeln oft aus Neugier,

nicht aus Vernunft.

Unerfahrene Mädels und Jungs,

sie wollen soviel sehen,

und sich nicht viel anhören.

Unerfahrene Mädels und Jungs,

es ist unsere Pflicht sie zu schützen,

vor ihrer Naivität und den Bösen unter uns.

VERLORENHEIT

Verloren in der Wüste,

fand ich Rast in deiner Kühle,

unter sengender Hitze,

sah ich Licht in deinem Düster,

spürte deine Ruhe im Sandsturm,

stillte Durst in endloser Dürre,

verlor jedoch die Orientierung

und fand mich nie mehr selbst..

Verarscht dich dieser Mensch?

Vertrau niemandem, der dir sagt: „Ich liebe dich."

Doch seine Taten bezeugen seine Liebe nicht.

Vertrau niemandem, der ständig am Handy ist neben dir.

Doch Stunden braucht, um dir zu antworten, ist er weg von hier..

Vertrau niemandem, der Anderen vor dir ins Gesicht lacht.

Doch drehen sie sich um, lästert er sich ab.

Vertrau niemandem, der sich ständig Geld bei dir leiht.

Und seine Schulden nicht bezahlt bei rechter Zeit.

Vertrau niemandem, der dich immer alles zahlen lässt.

Der sich von dir überall hinfahren lässt.

Doch dir nichts zurückgibt, keine Dankbarkeit zeigt.

Solche Menschen sind so kalt - ihre Seele könnte Panzerglas sein.

Vertraue keinem, der diese Zeichen aufweist,

weil dieser Mensch drauf scheißt,

was Vertrauen und Loyalität bedeutet.

Du kannst keinem vertrauen, der vielleicht nicht mal weiß,

was Vertrauen und Loyalität bedeutet.

Weil dieser Mensch vielleicht nicht mal weiß, was dir seine Loyalität bedeutet.

Viel zu viele Ratten sind nicht mehr authentisch,

ich warne euch vor ihnen, bist du ein Arschloch? Jede Frau kennt dich?

Bist du eine Hyäne? Jeder Mann kennt dich?

Du machst auf zu krass, doch bist zu krass ängstlich.

Du verarschst Menschen und nutzt sie aus.

Du hast keine Ehre, du bist nur ein zerrupfter Clown.

Diese Zeilen verbreiten all die Zeichen.

Meine Supporter verbreiten all die Zeichen.

all die Zeichen, die euer wahres Gesicht zeigen,

die eure Spielchen in Zukunft streichen.

Alle sollen wissen, woran man solche Drecksmenschen erkennt.

Rennt ihr kleinen Ratten, denn eure Zeit sie rennt..

Verrückt

Ein bisschen verrückt war ich schon immer,

ein bisschen verrückter bin ich ja noch immer,

ein bisschen unsozial, asozial, aber kein Spießer,

ein bisschen traurig, meist am Lachen, ein Genießer,

ein bisschen dreckig, auf jeden Fall im Kopf nicht ganz sauber,

ein bisschen still, aber eigentlich stetig am Plaudern,

ein bisschen ernst, doch ganz oft herzlich am Lachen,

so bin ich ein bisschen verrückt, da kann man nichts machen.

WINTER

Wenn der Winter nicht da war, wirst du den Sommer nicht schätzen können.

Wenn ich nicht kalt zu dir war - wirst du meine Wärme nicht schätzen können.

Hast du das Bittere nicht geschmeckt, wirst du das Süße nicht genießen.

Hast du mich nicht bitterernst erlebt, wirst du meine süße Art nicht genießen.

Wenn du dich noch nie durch die harte Schale gekämpft hast, wirst du nie den Genuss des weichen Kerns erleben.

Wenn du dich noch nie bemüht hast, meine harte Schale zu durchdringen, wirst du nie meinen weichen Kern genussvoll erleben.

Hast du dieses Haus unserer Liebe nie bröckeln gesehen, wirst du nie das Dach über deinem Kopf ehren.

Wenn du noch nichts hast sterben sehen - wie schätzt du dann dein Leben?

Wir denken, aber denken nicht mit.

Wir reden über, aber nicht miteinander.

Wir lenken, aber lenken zum EXIT.

Wir lachen, aber nur über den Andern.

Wir hören, aber hören nicht zu.

Wir sehen, aber sehen nicht hin.

Wir leben, aber leben nicht gut.

Wir.. Macht das alles einen Sinn?

Wir schauen manchmal zu Leuten auf, die ständig auf uns herabschauen.

Warum er kein Interesse mehr zeigt?

Wenn manche Menschen haben, was sie wollen, dann scheißen sie auf dich..

Wenn ich wütend bin - schweige ich.

Wenn ich glücklich bin - schweige ich.

Wenn ich traurig bin - schweige ich.

Wenn ich nervös bin - schweige ich.

Denn würde ich in Wut sprechen, wäre vieles zu scharfe Kritik.

Würde ich im Glück Versprechen geben - würde ich sie nicht halten können.

Würde ich in Trauer sprechen, wären meine Worte hasserfüllt.

In Nervosität zu sprechen, würde mich falsche Worte sprechen lassen und in Verlegenheit bringen.

Sprich nicht, wenn dich gerade starke Gefühle überkommen. Lass lieber Handlungen sprechen!

Warum fragt mich keiner, wie es mir wirklich geht?

Warum fragt mich keiner, ob ich denn noch leb?

Warum fragt mich keiner: Hast du heute genug getrunken?

Und warum fragt mich keiner: Wieso bist du in Gedanken so versunken?

Warum fragt mich keiner, ob ich genug schlafe?

Warum fragt mich keiner, mit welchen Problemen ich mich schlage?

Warum fragt mich keiner, was ich erlebt habe?

Und warum fragt mich keiner, was mir gefehlt hat?

Warum fragt mich keiner: Wie schmeckt denn dein Steak?

Doch warum fragt mich jeder nach einem Rat um sein Problem?!

Und selbst, wenn sie mich fragen und ich dann genervt bin,

hat kaum einer Geduld für meine Schmerzen..

X

Xerophyt

Ich wandere, doch wirke wie umherirrend. Durstig nach Liebe, Glück und Sicherheit als Kind.

Heute suche ich auch erwachsen noch nach soviel mehr. In der Betonwüste gepflanzt, doch nie geblüht im Ghetto.

Verzweifelt schuf ich Dornen, die mich beschützten - doch nie die schönen Blätter, welche jene zu mir zogen, die Schönheit in mir gesehen hätten.

Belanglos wie groß mein Durst war, niemand tränkte mich,

niemand half mir raus aus dem Beton, der meine Wurzeln trocknen ließ.

Lebensadern, die nie da waren. Lebensadern von denen mir erzählt wurde, dass man sie braucht, damit man nie vergesse, wo man herkomme.

Doch jedes Wort vertrocknete sie immer mehr und von der Spitze verstaubten sie zerfallend immer weiter nach oben zu meinem Herzen..

Ich bekam Angst um mein Herz. So stieß ich sie ab, weil ein Mensch keine Wurzeln braucht, weil ein Mensch kein Baum und keine Pflanze ist.

Ich stieß all das Alte ab und verschwand.

Wanderte bis zu jenem Punkt, an dem ich heute stehe.

Umherirrend für Andere, doch meinem Ziel folgend, meinen Durst zu stillen.

Denn ich habe schon zu lange die Trockenheit überlebt..

Xerophyt.

X

Mit einem X geben wir oft unsere Stimme für etwas.

Ein X bedeutet jedoch auch, dass wir abschließen.

Für ein falsches X in einer Prüfung fallen wir durch.

Das X besteht aus zwei Strichen und bewirkt soviel.

Nur zwei Striche, die uns vieles entscheiden lassen.

Manchmal sind es die kleinen Dinge, die viel bedeuten.

So ist es auch mit kleinen Gesten, kleinen Worten,

kleinen Seufzern und kleinen Umarmungen,

sie bewirken soviel - werden wenig beachtet,

denke beim nächsten Mal daran,

wenn du „kleines“ klein machst..

Yttrium

Du führst mich bei Tag,

du führst mich bei Nacht.

Wohin ich auch gehe,

werde ich von dir bewacht.

Du bist da für mich,

wenn ich Angst habe.

Du bist da für mich,

wenn ich aufwache,

wenn ich einschlafe.

Du verbündest dich,

mit anderen hier,

um mich zu schützen,

um mein Leben zu erhellen,

um kein Dunkel hereinzulassen.

Du gibst ein wenig Wärme ab,

doch meist bleibst du kühl.

Du behältst den Überblick,

doch bleibst im Hintergrund.

Kaum jemand, der dich beachtet.

Das gibt dir deine Macht.

Denn erst, wenn du nicht mehr da bist.

Werden alle wirklich panisch.

Du bist so unscheinbar,

aber scheinst für alle.

Du bist..

Mein Yttrium.

Zeit

Zufall

Manchmal klatscht es Beifall,

manchmal ist der Tag ein Reinfall,

manchmal habe ich den besten Einfall,

manchmal erfahre ich am Tage Missfall,

doch was ist er auf keinen Fall?

Zufall.

Gibt es auch mal einen Rückfall,

nach einem kuriosen Zwischenfall,

gibt es von mir nie einen Hinfall.

Denn ich falle nie mehr auf euch rein.

Auf eure Fallen..

Zwischen „reich“ und „erfolgreich“ liegt ein großer Unterschied.

ZEIT ist wie Wasser in der Hand: Du kannst sie nicht festhalten.

Sie fließt dir durch die Hand,

rinnt durch die Finger.

Fällt in ein Nichts.

Entweder nutzt du sie.

Hebst die Hand an und lässt ein Teil der Zeit

zu deinem Nutzen in deinen Mund fließen

und den Durst nach mehr Zeit im Rachen stillen.

Oder du stehst da und schaust auf deine Hand.

Und siehst wie sie dir immer weiter durch die Finger rinnt.

Und bleibt am Ende ein Rest dieser fließenden Zeit

auf deiner Handfläche,

verdunstet dieses letzte Bisschen

durch deine eigene Wärme auch noch.

So bleiben nur noch eine Erinnerung und ein kaltes Gefühl.

So bleibt nur noch dein Durst nach Zeit.

Und die Zeit die dir in der Hand fehlt,

wird das 'Ende deiner eigenen Zeit' sein.

Zurück bleibt nichts,

nur die Erinnerung,

so nutze die Gegenwart

und fülle den Moment,

denn nur dieser bleibt zurück,

als Erinnerung.

#

91% der Menschen sind so:

Sie brauchen immer etwas, um sich stolz zu fühlen:

Ein Land.

Eine Politik.

Eine Markentasche.

Eine Uhr.

Ein Auto.

Eine Figur.

Ich bin wohl ein bisschen verrückt, denn ich brauche nichts davon. Ich mag mich und bin einfach so stolz auf mich..

6 von 10 Beziehungen heutzutage scheitern,

weil 5 von 10 keinen Respekt haben,

weil 4 von 10 kein Vertrauen geben,

weil 3 von 10 keine Treue besitzen,

weil 2 von 10 nicht reden wollen,

weil 1 von 10 Gewalt ausübt.

24 Stunden am Tag haben wir alle Zeit,

7 Tage haben wir alle in der Woche,

365 Tage besitzen wir im Jahr.

Doch keine Stunde für unsere Liebsten?

Keinen einzig freien Tag für uns selbst?

Kein Jahr in dem wir aussortieren?

In dem wir die falschen Menschen rauswerfen,

die guten Menschen noch näher zu uns holen?

In dem wir uns Zeit nehmen für unsere Liebsten,

in dem wir uns einen Tag nur für uns freihalten.

Zeit ist die einzig wahre Währung, die zählt.

Sie nimmt dir irgendwann den letzten Atem.

Also: Nimm dir Zeit..

„Liebe geht durch den Magen. Den Spruch hat gewiss ein Mann erfunden. Denn bei Männern trifft das wahrhaft zu. Bei Frauen wohl auch. Und es gibt ein Geheimrezept: Man macht einen Mann glücklich, indem man einen Teil des Essens immer brät oder frittiert. Nur ein Tipp für alle, die ihren Partner glücklich machen wollen..“

Danksagung

„Deine Worte werden niemanden erreichen."

Das war der Satz meiner Lehrerin Frau G. als ich mich für die Schüler einsetzte, die ihr sprachlich unterlegen waren und von ihr die ganze Schulzeit lang gedemütigt wurden.

Über 500.000 Gleichgesinnte meiner Worte und über tausende gelesene Bücher meiner Wenigkeit später kann ich beruhigt feststellen: Meine Worte haben nicht nur Menschen erreicht, sondern auch als Worte in Autonomie viel erreicht..

Jetzt schreibe ich schon meine vierte Danksagung nach all den Büchern:

Gute Gedanken - Eine Reise zum Nachdenken

Gute Menschen verlieren nie - Der Sieg beginnt im Kopf

Ellas Paradoxum - Eine Reise zur Liebe und ermordet zurück

Ich hoffe.. Nein, ich bin mir sicher, dass du mit mir sehr angenehm mitfliegen konntest und wir dein Herz mehrere Male erreicht haben.

Bei meinem eigenen Seelenflug zum Schreiben dieses Buches habe ich diesmal mit einem sehr kleinen Kreis gearbeitet. Es waren sehr wenige Menschen involviert, denen ich sehr vertraue, weil dies mein bisher intensivstes Werk ist.

Danke an meine Mutter für all die Gebete, die du für mich losgeschickt hast. Ich denke, sie haben mich als kleine Wunder in Form von lyrischen Gedanken erreicht. Das letzte Gedicht widme ich dir auf der Sprache, die du verstehst:

میری جان ہیں آپ کے ہاتھوں میں

میری جان ہے آپ کی دعاوں میں

میرا بچپن ہے آپ کی یادوں میں

میری جنت ہے آپ کے پاؤں میں

لیکن آپ کی خوشی،

آپ کی خوشی ہے میرے ثوابوں میں

Meri Jaan hai aap ke haaton mei

Meri Jaan hai aap ki duaon mei

Mera Bachpan hai aap ki Yaadon me

Meri Jannat hai aap ke Paon me

Lekin aap ki Khushi

Aap ki Khushi hai

mere Sawaabon mei

Danke an meine letzte Liebe, du hast mich oftmals zur Tiefe inspiriert - während du um dieses Buch herum die Orte für mich schmücktest.

Danke an Melissa, du schaust das gerade sicher durch. Denk an Mezzo Mix.

Ansonsten: Danke an die, die ich vergessen habe, zu erwähnen. Ich werde langsam alt. Ihr wisst es doch. Eine alte Seele im jungen Körper war mal. Kleiner Scherz, ich fühle mich immer noch topfit!

Und ein Danke an mich selbst. Danke, dass es dich gibt. Danke, dass du stark bleibst. Und danke, dass du hier für tausende Menschen durchziehst!

Okay, gleich bin ich fertig! An dich, der oder die gerade diese Zeilen liest: Mein aufrichtiger Dank gilt dir für deine Zeit und Unterstützung, die du mir hier geschenkt hast. Ich liebe es, dass du bis hierhin mit mir geflogen bist.
Deine Unterstützung bedeutet mir sehr, sehr viel.

Ich bin mir sicher, dass wir uns auch im nächsten Buch im Jahr 2024 wiedersehen und gemeinsam bis zur letzten Seite reisen, gehen, fliegen oder einfach nur fühlen werden..

Mein Buch in deinen Händen hat eine Besonderheit: Es enthält Worte, die dich bewegen - durch Liebe, Trauer oder durch die emotionale Kraft deines Herzens.

Markiere dir die Stellen, die du sehr fühlst, bei denen dein Herz pocht und bei denen die Augen nass werden. Denn dort, wo deine Trauer sich verbirgt, ruht oftmals ein Geheimnis: Der Schlüssel zu deiner inneren Kraft. Diese guten Worte - wie Sterne am Himmelszelt in dunklen Zeiten und wie die Sonne über dir im Verlauf des Tages, sollen dich leiten und dir helfen, wenn jemand dir wieder die Karte mit der Route und den Plan, den du gemacht hast, aus der Hand gerissen hat..

Wir lesen uns sehr bald wieder.

Dein Kianimus

DER KÜNSTLER HINTER DEN WORTEN

Kianimus, geboren in Kassel, kam als vierter Sohn einer geflüchteten Familie zur Welt. Stets mit einem Lächeln ausgestattet, wuchs er nahe Frankfurt am Main in Dietzenbach, in einem sozialen Brennpunkt auf. Seine Gabe zum Schreiben und Emotionen in Menschen auszulösen, entdeckte er im frühen Alter von 13 Jahren. Er hörte sehr gerne zu und lernte viel von Älteren. Darüber sagt er selbst: »Ich bin mir sicher, dass man durch aufmerksames Zuhören lernen kann, wie man etwas für sich besser macht und Fehler vermeidet, die Andere schon gemacht habe.«

Erste publizierte Zitate, Gedichte und Geschichten von ihm findet man seit dem Jahr 2012. Andere Autoren, die seinen Weg schon lange beobachtet haben, behaupten: »Irgendwo hast du seine Texte schon mal gelesen. Du kommst um ihn nicht herum, wenn es um deutsche Zitate geht.«

Heute lebt Kianimus in Gießen und ist nun seit über 11 Jahren Motivation-Artist, Lyriker & Autor. Durch sein Debüt-Buch im Jahr 2021 »Gute Gedanken: Eine Reise zum Nachdenken« erreichte er zehntausende Leser/innen und bekam viele Nachrichten von Menschen, die ihr Leben nach dem Lesen zum Positiven verändert hatten.

Sein zweites Werk »Gute Menschen verlieren nie« erreichte die Top 50 der Buchcharts in Deutschland und konnte erneut Massen von Menschen dazu bewegen, sich mit ihrer Persönlichkeitsentwicklung zu beschäftigen.

Mit seinem ersten Roman »Ellas Paradoxum« im November 2023 erzählte Kianimus eine Geschichte, die nicht nur unterhielt, sondern auch bewegte. Eine Geschichte, die Vorurteile löste und eine Welt zeigte, zu der die meisten Menschen kaum Zugriff haben.

Von „Gute Worte – Ein Seelenflug zum Herzen" sagt Kianimus: »Ich möchte Tiefe teilen. Mit Worten erreicht man Menschen, Herzen, Seelen & bewegt sie nachhaltig zu den schönsten Taten.. «

Durch Texte & Videos über Persönlichkeitsentwicklung, Liebe, Frauen & Männer, sowie Beziehungen, Selbstliebe und Selbstfindung konnte er über diverse Ebenen bisher Millionen von Menschen begeistern, helfen und ihnen in verschiedenen Lebenslagen Rat geben.

Kianimus ist aktiv auf Social-Media vertreten und betreibt seit September 2022 einen eigenen Podcast, welcher den Namen »Revué – Eine Reise in die Tiefe« trägt.

Auf www.kianimus.de kann man sich zu seinem Newsletter anmelden, in dem er regelmäßig berichtet, erzählt und motiviert.